MW00975885

Dieses Buch gehört

Qualität von Oetinger

Büchersterne

Liebe Eltern,

Lesenlernen ist eine Meisterleistung. Es gelingt nur Schritt für Schritt. Unsere Erstlesebücher in drei Lesestufen unterstützen Ihr Kind dabei optimal. In den Büchern für die 2./3. Klasse tritt das Bild zurück, der Textanteil wird größer und anspruchsvoller.
Mit beliebten Kinderbuchfiguren von bekannten Autorinnen und Autoren macht das Lesenlernen Spaß. Ein Leserätsel im Buch lädt zur spielerischen Auseinandersetzung mit dem Text ein. So werden aus Leseanfängern Leseprofis!

Manfred Wespel
Prof. Dr. Manfred Wespel

PS: Weitere Übungen, Rätsel und Spiele gibt es auf www.LunaLeseprofi.de. Den Schlüssel zu Lunas Welt finden Sie auf Seite 57.

Büchersterne – damit das Lesenlernen Spaß macht!

www.buechersterne.de

Mit Lunas Leserätsel

Erhard Dietl

Die Olchis fliegen in die Schule

Verlag Friedrich Oetinger · Hamburg

Das ist ein Olchi

Ein Olchi hat Hörhörner.
Er hört Ameisen husten
und Regenwürmer rülpsen.

Die Knubbelnase riecht
gern Verschimmeltes und
faulig Stinkendes.

Olchi-Haare sind so hart,
dass man sie nicht mit
einer Schere schneiden
kann, sondern eine Feile
braucht.

Olchi-Augen fallen gerne
zu, denn ein Olchi ist
stinkefaul und schläft für
sein Leben gern, egal, ob es
Tag ist oder Nacht.

Olchi-Zähne knacken alles,
Glas, Blech, Plastik,
Holz oder Stein!

In Schlammpfützen
hüpfen die Olchis
gern herum.

Olchis freuen sich, wenn sie
im Müll leckere Sachen
finden. Sie essen und trinken
am liebsten Scharfes, Bitteres
und Ätzendes.

Ein Olchi wäscht sich nie.
Daher stinkt er fein faulig.
Fliegen lieben die Olchis, aber
ihr Mundgeruch lässt die
Fliegen oft abstürzen.

Olchis sind stark.
Einen Ziegelstein können
sie 232 Meter weit werfen.

In stinkigem Qualm fühlen
sich Olchis besonders wohl.
Auch Autoabgase atmen sie
gern ein.

1. Ein verteufelt muffeliger Morgen

Die Höhle der Olchis liegt genau zwischen der Müllgrube und der Autobahn.
Wenn der Wind von Osten weht, riecht es nach verfaulten Eiern, ranzigem Fisch und ähnlichen wundervollen Dingen.
Dann freuen sich die Olchis, denn sie mögen diesen feinfauligen Duft ganz besonders gern. Heute jedoch ist es völlig windstill. Kein Grashalm bewegt sich. Die Sonne scheint so warm, wie sie kann, und kein Wölkchen steht am Himmel. Eigentlich ein wunderschöner Sommertag.
„Muffel-Furz-Teufel, was für ein elendes Mieswetter", grummelt Olchi-Opa.
Er kann Sonnentage nicht leiden. Viel lieber mag er Regenwetter. Mistwetter, dass man in die Regenpfützen platschen und durch den Schlamm schlappern kann. Alles schön aufgeweicht und matschig, das ist Olchi-Wetter.

„Muffel-Furz-Teufel!“, schimpft Olchi-Opa noch einmal. Dabei schaut er durch den Vorhang nach draußen und kneift die Augen zu. Er kaut verdrießlich an seiner abgenagten Knochenpfeife.
Die ganze Olchi-Familie hockt muffelig in der Höhle herum.

Was kann man schon anstellen an so einem versonnten Miestag?
„Dieses ewige Herummuffeln macht mich kotzteufelig schlapp!“, brummt Olchi-Opa.

„Ist doch schön, wenn du schlapp bist“, sagt Olchi-Mama, „dann ruh dich ein bisschen aus.“
Sie gibt Olchi-Baby einen Schnullerstein zum Lutschen, damit es endlich aufhört zu schreien.

„Käsiger Läusefurz, ich will Abenteuer!“, ruft Olchi-Opa. „Ich will mal wieder Abenteuer so wie früher! Vor 300 Jahren! Das waren noch aufregende Zeiten!“
„Was hat dich aufgeregt, Opa?“ Die Olchi-Kinder spitzen die Hörhörner.

„Was hat dich denn aufgeregt vor 300 Jahren?“
„Na, da hab ich die Abenteuer geliebt, beim Kröterich! Als ich so alt war wie ihr, da war ich der grätigste Abenteuer-Olchi jenseits der Müllberge. Das könnt ihr mir glauben. Muffel-Furz-Teufel!“
„Los, Opa, dann erzähl uns doch mal was!“, sagt das eine Olchi-Kind.
Wenn Olchi-Opa erzählt, ist das fast so schön wie Schlammpfützen-Springen.
„Ja, was soll ich da groß erzählen“, sagt Olchi-Opa. „Ich erinnere mich an einen miesen Sonnentag wie heute. Da hab ich ein tiefes Loch gegraben. Ich hab mich durch die Erde gebuddelt, bis ich auf der anderen Seite wieder rausgekommen bin. In Australien. Schleime-Schlamm-und-Käsefuß! Wie ein Maulwurf bin ich da aus dem Boden gekrochen. Die Kängurus waren ganz aus dem Häuschen. Vor Schreck sind sie sich gegenseitig in die Beutel gehüpft.“

„Ach, du mit deinen alten Geschichten!“, mischt sich Olchi-Oma ein.
Sie legt eine Schallplatte auf ihr Grammofon und steckt den Kopf in den Trichter. Das macht sie immer, wenn ihr etwas auf die Nerven geht.
„Los, erzähl weiter!“, drängen die Olchi-Kinder.

„Also, schließlich hab ich mich mit einem Känguru angefreundet“, erzählt Olchi-Opa weiter. „Ich hab mich in seinen Beutel gesetzt und es ist mit mir durch die Gegend gehüpft. Dann ist es über einen Kaktus gesprungen und genau in dem Moment wurde ich rausgeschleudert!“
„Ach du schleimiger Schlammbeutel!“, rufen die Olchi-Kinder. „Hast du dir wehgetan?“
„Ach was“, beruhigt sie Olchi-Opa, „ich war

nicht so zimperlich! Hab mir die Kaktus-Stacheln einfach wieder aus dem Hintern gezogen. Mit den Stacheln, einem Stück vom Kaktus und einer Handvoll Wüstensand hab ich dann einen erstklassigen Teufel-Furz-Muffler gebastelt."

„Was ist denn das für ein Ding?", fragt das eine Olchi-Kind.
Olchi-Opa grinst. „Ein Teufel-Furz-Muffler? Tja, der muffelt und furzt eben wie der Teufel! Und besonders bei Gegenwind. Und besonders in Australien."
„Und was hast du dann gemacht?"

„Dann bin ich nicht mehr eingestiegen in den Känguru-Beutel. Mir war immer noch schlecht von der Schaukelei. In so einem Känguru schlingert es wie in einem alten Dampfschiff!“

„Warst du mal auf einem Dampfschiff?“, will das eine Olchi-Kind wissen.
„Na klar. Vor 150 Jahren bin ich jeden Tag über die sieben Weltmeere gesegelt. Immer wieder hin und her und her und hin. Jeden Haifisch hab ich persönlich gekannt. Schlapper Schlammlappen, das waren noch Abenteuer!“

Olchi-Opa beißt ein Stück von seiner
Knochenpfeife ab und spuckt es in die Ecke.
„Wir erleben leider nie Abenteuer“, sagen
die Olchi-Kinder enttäuscht.
Jetzt mischt sich auch noch Olchi-Papa ein.
„Also, dann spielt doch ein bisschen in der
Müllgrube“, schlägt er vor. „Vielleicht buddelt
ihr ein schönes Loch wie der Opa.“ Olchi-Papa
hockt in seiner alten Obstkiste und lacht.
„Ja, spielt auf dem Müllberg“, sagt Olchi-
Mama, „die schlechte Luft dort wird euch gut-
tun!“ Und sie schiebt die beiden Olchi-Kinder
aus der Höhle.

2. Olchi-Kinder haben keine Angst

Draußen stehen die Olchi-Kinder ein wenig ratlos herum.
„Wo sollen hier Abenteuer sein? Die Müllkippe ist furzlangweilig“, brummt das eine Olchi-Kind.
„Sogar die verlausten Schlammgruben sind alle ausgetrocknet!“, meckert das andere Olchi-Kind.
Die Olchi-Kinder klappen das große Garagentor auf. Feuerstuhl, der grüne Drache, blinzelt ihnen schläfrig entgegen. Er kriegt die Augen kaum auf, denn gerade hat er sein Morgenschläfchen gehalten.
„Los, wir fliegen eine Runde mit ihm!“, schlägt das eine Olchi-Kind vor. „Traust du dich?“
Die Olchi-Kinder sind noch nie alleine mit Feuerstuhl geflogen. Seine schuppige Drachenhaut ist sehr glatt, da kann man leicht abrutschen und herunterfallen.

Sie führen Feuerstuhl aus der Garage und stapeln zwei alte Ölfässer übereinander. So können sie leicht auf seinen Rücken klettern.
„Spotz-Rotz!“, rufen die Olchi-Kinder. So macht es auch Olchi-Papa immer. Das ist das Signal und der Drache donnert los.
Er stößt ein paar gelbe Stinkerwolken aus und dröhnt wie ein kaputter Staubsauger.
Dann steigt er hoch in den Himmel.
Die Olchi-Kinder krallen sich ganz fest in seine schuppige Haut. Ihr Olchi-Herz klopft ihnen bis zum Hals.

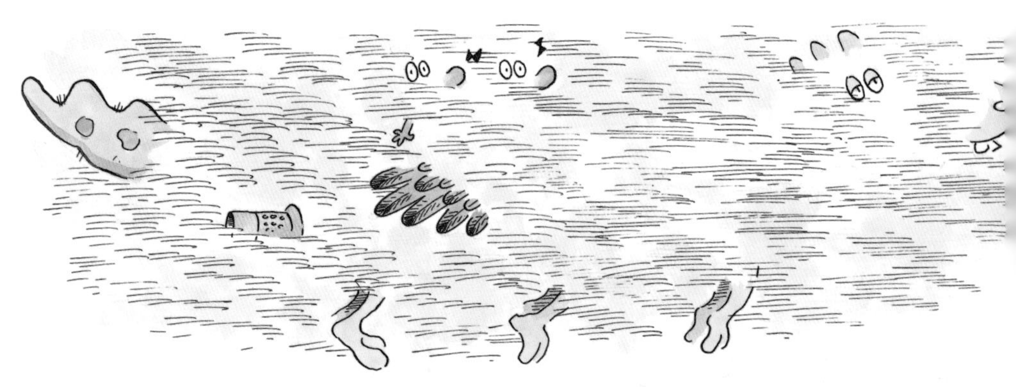

Feuerstuhl gibt Gas. Er spotzt und zischt und schnaubt, er macht einen doppelten Looping, wird schneller und schneller und steigt höher und höher. Tief unten sehen sie jetzt die Müllkippe liegen und weiter hinten die ausgetrockneten Schlammpfützen. Schließlich taucht der Drache in eine dicke weiße Wolke ein. Da ist es so nebelig, dass die Olchis kaum mehr die Spitze ihrer Knubbelnase sehen können.
„Feuerstuhl, du bist zu hoch!", rufen sie, so laut sie können.
Der Drache macht einen Höllenlärm. Er faucht kurz und dann saust er im Sturzflug wieder nach unten.

Fast wären die Olchi-Kinder abgerutscht.
Im letzten Moment können sie sich an
Feuerstuhls Flügeln festklammern.
„Feuerstuhl, du bist zu schnell!“, brüllen die
Olchi-Kinder.
Vor Schreck sind ihre Nasen ganz blass
geworden und der Fahrtwind hat ihnen die
Hörhörner weit nach hinten gebogen.

Endlich fliegt der Drache ein wenig
langsamer und nicht mehr ganz so hoch.
„Feuerstuhl, du sollst nicht immer
übertreiben, wenn du gute Laune hast!“,
schimpft das eine Olchi-Kind.
„Pft, pft, pft ...“, macht Feuerstuhl.
So hört sich das an, wenn Drachen kichern.
Plötzlich sehen sie die Häuser der Stadt
unter sich auftauchen.
„Schau mal, da unten!“, ruft das eine Olchi-
Kind. „Wieso sind da so viele Kinder?“
„Wir müssen hin und nachsehen!“, ruft das
andere Olchi-Kind. „Los, Feuerstuhl,
geh runter!“

Die Olchis haben die Grundschule von Schmuddelfing entdeckt. Gerade ist die Pause vorbei und der Schulhof leert sich. Die Kinder müssen zurück in ihre Klassenzimmer.

Feuerstuhl schwebt nach unten und landet zwischen den Autos auf dem Lehrer-Parkplatz.

„Feuerstühlchen, du wartest hier. Wir wollen nachsehen, was da los ist!“, sagen die Olchi-Kinder.

Natürlich haben sie keine Ahnung, was eine Schule ist. Neugierig tippeln sie hinter den Kindern her ins Schulhaus.
Sie laufen durch die breite Flügeltür, am Kakao-Automaten vorbei, dann an der Wand entlang, wo die Bilder der 2 c hängen. (Wir malen einen Früchtekorb, heißen die Bilder.)

Dann geht es die breite Treppe hoch in den ersten Stock, wo die Klassenräume sind. Vor einem großen gläsernen Schrank bleiben die Olchis stehen. Ausgestopfte Vögel, Mäuse,

Wiesel und Lurche sind darin zu sehen. Und sogar ein richtiger Fuchs!
„Ach, du schlapper Schlammlappen, sie töten hier Tiere!“, flüstert das eine Olchi-Kind aufgeregt. „Spotz-Teufel, ist das gruselig!“

Sie sehen, wie die Kinder in ihren Klassenzimmern verschwinden. Kurz bevor die letzte Tür zugemacht wird, schlüpfen die beiden Olchis mit hinein – ins Zimmer der Klasse 3 b. Kaum haben die Kinder die Olchis entdeckt, entsteht ein riesiges Durcheinander.
„Die Olchis sind da! Das sind Olchis!“, schreit Sabine. Sie hat schon oft von den Olchis gehört und gelesen.
Die Schulkinder sind begeistert. Ein paar ganz mutige zupfen sogar an den steifen Olchi-Haaren und streichen mit dem Finger über die grüne Olchi-Haut.
„Iiih, wie Tintenfisch!“, sagt Florian und zieht schnell die Hand zurück.
„Manno, wie die stinken!“, ruft Larissa und hält sich die Nase zu.
„Wenn Frau Nudel kommt, fällt sie in Ohnmacht!“, sagt Leo.
Frau Nudel ist die Musiklehrerin. Eigentlich heißt sie Frau Trudel, aber Nudel finden die Kinder natürlich lustiger.

„Wenn Frau Nudel kommt, sagen wir,
dass ihr die Neuen seid!“, sagt Johannes
aufgeregt. „Das wird echt cool!“
Sie schieben die Olchi-Kinder nach hinten in
die leere Bank. Weil die Olchis so klein sind,
können sie kaum über den Tischrand sehen.

Ihre grünen Knubbelnasen liegen wie dicke Gewürzgurken auf der Tischplatte.

„Hast du Angst?", flüstert das eine Olchi-Kind.

„Noch nicht!", flüstert das andere Olchi-Kind zurück.

Und dann geht die Tür auf und Frau Nudel kommt herein.

3. So schön kann Schule manchmal sein

„Florian, würdest du bitte das Fenster öffnen!“, sagt Frau Nudel. „Es stinkt hier ja wie in einer Mülltonne!“
Die Kinder kichern. Florian steht auf und öffnet das Fenster.
„Das sind die Olchis, die so stinken!“, ruft Sabine, die immer ein wenig vorlaut ist.
„Ruhe!“, sagt Frau Nudel. „Bitte holt eure Blockflöten heraus. Als Erstes spielen wir heute unsere Flöten-Übungen. Dann werden wir zusammen ein neues Lied lernen. Sabine, kannst du bitte gleich mal anfangen mit ...“
„OOAAAHRR!“, hört man plötzlich einen schrecklichen Rülpser aus den hinteren Reihen.
„Wer war das?“, will Frau Nudel wissen. Die Kinder kichern.
Als Frau Nudel „Mülltonne“ gesagt hat, da hat das eine Olchi-Kind plötzlich Hunger bekommen.

Und wenn ein Olchi Hunger hat, dann gibt er komische Geräusche von sich.
Jetzt hat Frau Nudel die Olchis entdeckt.
„Wa... Wa... Was ist das?“, stammelt sie und ihr ausgestreckter Arm zeigt auf die kleinen grünen Wesen.

„Das sind die Olchi-Kinder“, sagt Johannes.
„Das sind die Neuen!“ Frau Nudel steht wie angewurzelt da.
Sie nimmt ihre Brille ab und reibt sich die Augen. Dann setzt sie ihre Brille wieder auf.

„Äh, ja, ach so“, sagt sie. „Die Olchi-Kinder. Natürlich.“ Sie tut jetzt so, als wäre das alles ganz normal.

„Wenn ihr neu seid, dann muss ich euch aber sagen, dass man hier in der Klasse nicht rülpst. Außerdem bitte ich euch, mir erst mal eure Namen zu sagen!“
„Ich bin das eine Olchi-Kind“, sagt das eine Olchi-Kind.
„Ich bin das andere Olchi-Kind“, sagt das andere Olchi-Kind.
„Soso“, sagt Frau Nudel, „na ja, wir werden ja sehen.“

Sie geht zurück zum Lehrerpult und holt ein paarmal tief Luft. „Hattet ihr schon einmal Flöten-Unterricht?“, will sie von den Olchis wissen.
„Schleime-Schlamm-und-Käsefuß!“, sagt das eine Olchi-Kind.
„Was heißt hier Käsefuß?“ Frau Nudel zieht die Augenbrauen hoch. „Los, Larissa, leih den Olchi-Kindern mal deine Flöte. Ich möchte gern wissen, wie weit sie schon sind.“
Larissa gibt dem einen Olchi-Kind ihre Flöte und Frau Nudel sagt: „Spiel uns doch einfach mal ein paar Töne vor!“ Das Olchi-Kind packt die Flöte mit beiden Händen und beißt ein

Stück davon ab. Dann zerkruspelt es das ganze Instrument wie eine Salzstange.
„Schmeckt gut!“, sagt das Olchi-Kind und leckt sich die Lippen.
Die Kinder klatschen begeistert Beifall, johlen und schreien wild durcheinander.
„Ruuuhe!“, ruft Frau Nudel. „Sofort ist hier Ruhe!“
„Meine Flöte!“, jammert Larissa. „Die haben meine Flöte gefressen!“
Frau Nudel sagt: „Ich verbitte mir solch dumme Späße! So geht das doch nicht!“

Dann schaut sie dem Olchi-Kind ganz streng in die Augen. „Was fällt dir ein, so mit wertvollen Instrumenten umzugehen!“, ruft sie. „So geht das wirklich nicht. Also, ihr beiden, wie steht es denn mit Singen? Könnt ihr mir wenigstens ein Lied vorsingen?“
„Logo“, sagt das eine Olchi-Kind, „das Olchi-Lied in drei Katastrophen.“
„Gut“, sagt Frau Nudel, „gut. Die Olchi-Kinder singen jetzt ein Lied für uns in drei Strophen.“
„Erste Katastrophe“, sagt das Olchi-Kind. Die Olchis hüpfen auf die Schulbank und reißen ihre Olchi-Münder weit auf. Das stinkt so, dass ein paar Fliegen tot auf den Boden fallen. Dann singen die Olchis:

1. Katastrophe:
Fliegenschiss und Olchi-Furz,
das Leben ist doch viel zu kurz!
Wir lieben Schlick und Schlamm und Schleim,
das Leben kann nicht schöner sein!

2. Katastrophe:
Wenn wir Stinkerbrühe trinken
und in Matschlöchern versinken,
fühlen wir uns muffelwohl.
Das Leben ist doch wundervoll!

„Das reicht!“, ruft Frau Nudel dazwischen. Doch die Olchis sind jetzt richtig in Fahrt und schon geht es weiter:

3. Katastrophe:
Muffel-Furz und Müllberg-Schlecker,
Abfall schmeckt doch wirklich lecker!
Schleime-Schlamm-und-Käsefuß –
das Leben ist ein Hochgenuss!

„Ich möchte nicht, dass in meinem Unterricht so schreckliche Lieder gesungen werden!“, sagt Frau Nudel streng. Sie läuft auf die Olchis zu und stößt dabei so heftig gegen den Tisch von Johannes, dass ein Glas mit Erde und Regenwürmern auf den Boden kracht und die Regenwürmer in alle Richtungen fliegen.

„Meine schönen Würmer!“, ruft Johannes.
Er hat sie extra für den Sachkunde-Unterricht mitgebracht.
Wie der Blitz flitzen die Olchis los.
Sie kriechen auf allen vieren, und schnell wie zwei Staubsauger schlecken sie die ganze Erde vom Boden weg.
Sie zerkauen die Glasscherben und den Metalldeckel, und sie mampfen, schmatzen und rülpsen, dass es eine Freude ist.
Nur die Würmer lassen sie liegen, denn Olchis essen keine Tiere.
„Du liebe Güte!“, ruft Frau Nudel besorgt.
„Hoffentlich bekommt ihr davon kein Bauchweh!“

„Wir haben nie Bauchweh!“, sagt das eine Olchi-Kind und pupst ein paarmal kräftig.
„Na, das wollen wir hoffen“, seufzt Frau Nudel und fächelt sich frische Luft zu.
Dann holt sie einen leeren Joghurtbecher aus dem Regal und gibt ihn Johannes. Er soll seine Regenwürmer wieder einsammeln.
Das andere Olchi-Kind schaut mit hungrigen Augen auf das lange Lineal, das da auf dem Lehrerpult liegt.
„Nicht auch noch mein Lineal!“, ruft Frau Nudel entsetzt. Sie packt das Lineal und sieht jetzt aus wie eine Kämpferin mit ihrem

Schwert. „Setzt euch sofort wieder auf eure Plätze!“, befiehlt sie den Olchi-Kindern. Die Olchis hüpfen – schwupp! – mit einem Satz aufs Fensterbrett und rufen:
„Schleime-Schlamm-und-Käsefuß!
Schule ist ein Hochgenuss!“
Sie winken noch kurz zum Abschied und springen dann beide gleichzeitig aus dem Fenster, viereinhalb Meter hinunter in den Schulhof.

4. Olchis machen große Sprünge

„Das hat Spaß gemacht!“, sagt das eine Olchi-Kind.
„So eine Schule ist toll!“, sagt das andere Olchi-Kind. „Ranziger Ratterich! Sieh nur, da vorne sind noch welche!“
Das Olchi-Kind meint die Schüler der 3 c.
Die haben sich drüben am Sportplatz zum Weitspringen versammelt.
Schnell rennen die Olchis hinüber zur Sprunggrube.
Natürlich sind auch die Kinder der 3 c ganz aus dem Häuschen, als plötzlich echte Olchis bei ihnen auftauchen, und alle sind ganz aufgeregt.
Der Turnlehrer, Herr Schnellbein, hat große Mühe, seine Klasse zu beruhigen. „Wir sind die Olchi-Kinder, wir sind die Neuen“, erklären ihm die Olchi-Kinder. „Wir waren gerade bei Frau Nudel!“
„Soso. Ihr seid also aus der Klasse von

Frau Trudel. Habt ihr denn jetzt schon frei?“, wundert sich Herr Schnellbein.
„Na schön. Aber stört mir nicht meinen Unterricht! Wir machen jetzt weiter mit Weitsprung. Uwe Schmalstadt, du bist dran!“
Uwe nimmt Anlauf und springt in die Sandgrube, so weit er kann.

„Zwei Meter zwanzig“, sagt Herr Schnellbein.
Er schreibt zwei zwanzig in sein Notizbuch.
„Roberto!“, ruft Herr Schnellbein.
Roberto springt einen Meter und
fünfundachtzig.
„Und jetzt Jacob!“, ruft Herr Schnellbein.

„Ich kann auch springen!“, ruft das eine Olchi-Kind und flitzt los. Mit einem riesigen Satz hüpft es über die Sandgrube und fliegt sogar noch ein Stück darüber hinaus. Fast wäre es im Schulhofzaun gelandet.

Die Kinder applaudieren begeistert.
„Heiliger Müllsack, das kann ich noch besser!“, ruft das andere Olchi-Kind.
Schon rennt es los und springt. Es fliegt über Herrn Schnellbein hinweg (Herr Schnellbein ist einen Meter vierundachtzig groß, ohne Schuhe!), danach macht es drei

Purzelbäume, einen Salto vorwärts und
springt noch einmal.
Das Olchi-Kind saust durch die Luft über die
Sprunggrube, über das ganze Rasenstück
und bleibt schließlich im Maschenzaun
hängen.

Herrn Schnellbein steht vor Staunen der Mund offen.
„Das waren mindestens acht Meter fünfzig!“, ruft Johann. „Herr Schnellbein, schreiben Sie acht fünfzig!“
Herr Schnellbein schüttelt ungläubig den Kopf.
„Aus der Klasse von Frau Trudel“, murmelt er. „Also nein, so was, wer hätte das gedacht …“

Die Olchis sind jetzt über den Zaun geklettert.
„Das hat Spaß gemacht! Schleime-Schlamm-und-Käsefuß!“, rufen sie den Kindern zu.
Dann marschieren sie los, in Richtung Lehrer-Parkplatz.
Sie wollen ihren Feuerstuhl nicht länger warten lassen.
Die Schulkinder stehen am Zaun und winken den Olchis noch eine ganze Weile nach.

Auch als die Olchi-Kinder längst auf ihrem Drachen sitzen und schon oben in den Wolken verschwunden sind, stehen immer noch ein paar Schüler am Zaun und winken.

5. Schule macht hungrig

Zu Hause sitzt die übrige Olchi-Familie noch immer in der Höhle und muffelt.
Die Olchi-Kinder schieben den gammeligen Türlappen zur Seite und strecken ihre Knubbelnasen ins Zimmer. „Hallo, da sind wir wieder!"
„Ihr seid ja ganz schön lange weg gewesen!", wundert sich Olchi-Mama. „Schleime-Schlamm-und-Käsefuß! Ich hab mir schon Sorgen gemacht."
Olchi-Oma sagt nichts. Sie hat den Kopf immer noch im Grammofon-Trichter.
„Wir waren in einer Schule bei Frau Nudel", erzählen die Olchi-Kinder.
„Es gab Flöte und Glasscherben zu essen.

Und wir haben gesungen. Und dann haben wir den Kindern gezeigt, wie man hüpft. Und wir sind mit Feuerstuhl geflogen. Ganz allein!“
Olchi-Opa brummelt: „Dann habt ihr ja ein richtiges Abenteuer erlebt! Glitschiges Glasauge! Das müsst ihr mir aber genauer erzählen!“
Die Olchi-Kinder setzen sich zu Olchi-Opa an den Ofen und erzählen ihm ihr Abenteuer noch einmal ganz genau.
Am Ende sagt Olchi-Opa: „Schleime-Schlamm-und-Käsefuß! So eine Schule würde ich auch gern einmal kennenlernen!“

„Wir können ja alle zusammen noch mal hinfliegen“, schlägt das eine Olchi-Kind vor. „Frau Nudel freut sich bestimmt, wenn sie euch alle sieht!“
„Eine olchige Idee!“, sagt Olchi-Mama. „Das machen wir gleich morgen. Jetzt setzt euch an den Tisch. Das Essen ist fertig.“

„Was gibt es denn heute?“
„Sumpfigen Knocheneintopf“, sagt Olchi-Mama.

Da sind viele köstliche Sachen drin:

10 Liter braune Schmuddelbrühe

Zahnpasta mitsamt der Tube

3 grüne Flaschen, das Glas fein zerstoßen

10 kleingeschnittene Schuhbänder

21 Spritzer schwarze Tinte

als Beilage Gipsklößchen, überbackener Ziegelstein und Plastiktütensalat

Als Nachtisch für jeden noch ein schönes Tässchen mit Glühbirnen-Kompott.
Bald schmatzen und rülpsen die Olchis, dass es eine wahre Freude ist. Sogar Flutschi, die Fledermaus, hat sich ein Stückchen Ziegelstein stibitzt. Olchi-Baby hat aufgehört zu schreien und lutscht genussvoll an einem Gipsklößchen.
„Isst Olchi-Oma denn nicht mit?“, fragt das eine Olchi-Kind. Olchi-Oma steckt nämlich immer noch im Grammofon.
„Lasst sie in Ruhe!“, meint Olchi-Mama. „Einen schlafenden Olchi soll man nicht wecken.“
„Schmeckt krötig!“, sagt das andere Olchi-Kind. „Aber Flöten bei Frau Nudel sind auch nicht schlecht. Ich freue mich schon auf morgen.“

Das Olchi-Lied

(1. Katastrophe)

Fliegenschiß und Olchifurz das
Leben ist doch viel zu kurz, wir
lieben Schlick und Schlamm und Schlei-im das
Leben kann nicht schöner sein!

Inhalt

Finde das Lösungswort und komm in Lunas Lesewelt im Internet!

Bei den Olchis riecht es

P nach verfaulten Eiern.

A nach frischen Blumen.

Feuerstuhl dröhnt wie ein kaputter

U Staubsauger.

T Fernseher.

Die Olchis haben

M den Zoo entdeckt.

P die Grundschule entdeckt.

Lunas Leserätsel

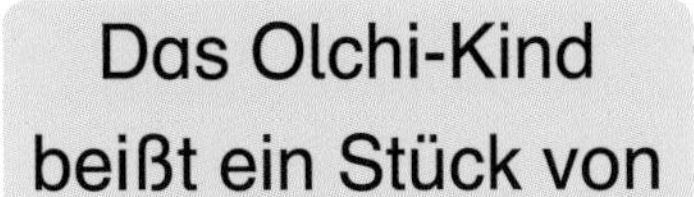

Das Olchi-Kind beißt ein Stück von

S  der Flöte ab.

D der Trompete ab.

Fast landet das eine Olchi-Kind

T im Matsch.

E im Schulhofzaun.

Zu Essen gibt es bei den Olchis

N sumpfigen Knocheneintopf.

K frische Gemüsesuppe.

LÖSUNGSWORT:

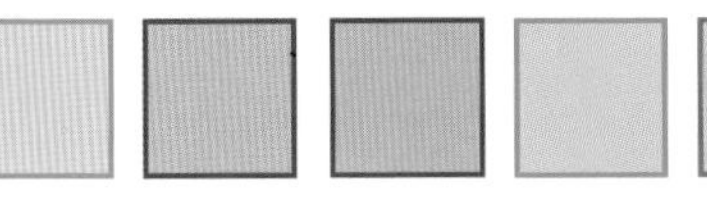

Und jetzt? Blättere um ... 

Hallo, ich bin Luna Leseprofi!

Hat dir mein Leserätsel Spaß gemacht? Mit dem **LÖSUNGSWORT** gelangst du in meine Lesewelt im Internet: **www.LunaLeseprofi.de** Dort warten noch mehr spannende Spiele und Rätsel auf dich!

Das didaktische Konzept zu Büchersterne
wurde mit Prof. Dr. Manfred Wespel, Pädagogische Hochschule Schwäbisch Gmünd, entwickelt.

Zu diesem Buch gibt es Unterrichtsmaterialien unter
www. vgo-schule.de

Die Olchis fliegen in die Schule
ist auch als Hörspiel (CD) erschienen.

Überarbeitete Neuausgabe

Titelbild und farbige Illustrationen von Erhard Dietl
Einband- und Reihengestaltung von Manuela Kahnt,
unter Verwendung der Sternvignetten von Heike Vogel
Reproduktion: Domino Medienservice GmbH, Lübeck
Druck und Bindung: Livonia print, Riga
Printed 2016
ISBN 978-3-7891-2361-0

www.olchis.de
www.oetinger.de
www.buechersterne.de